강
은
정

✳

바쁜 일상 속에서도
자연의 수채화를 그리듯
한폭의 그림을 그리듯
자연 속에서 사진을 찍으면서
삶의 흔적을 남기는 날은 행복합니다.
꽃과 나무, 바람과 하늘을 보며
잠시 쉬어가는 동안
어느덧 동화 속 주인공이 됩니다.
위대한 자연의 아름다움을 보면서
사랑과 이별, 꿈과 희망, 삶과 인생을
표현하고 즐깁니다.

-경상국립대학교 교육학박사학위 취득
-유튜브   은정TV, 은정패션
-인스타   eunjung.9611
-저서   은정의 정원(2023)

KB195166

은정의 마음정원

은정의 마음정원

Photo essay for Heart Garden

강은정 지음

 나무와 바다

숲의 푸르름을 닮은 당신에게
두 번째 편지를 보냅니다

2년 전 오랫동안 준비해온 포토에세이집 <은정의 정원>이 출간되어 생각지 않은 많은 사랑을 받았습니다. 사계절을 담은 사진과 제 마음을 담은 짧은 글이 사람들의 마음 속에 작은 반향을 일으켰다는 사실에 저 역시 큰 감동을 받았습니다.

자연 속에서 깨달은 저만의 감성과 느낌을 순간에 담고자 했던 시도가 작게나마 반향을 일으켰다는 사실에 심장이 뛰었습니다. 주변 분들의 공감과 격려 덕분에, 특별한 행복을 느낄 수 있었던 시간이었습니다.

이번 <은정의 마음정원> 역시 제 이야기이자, 누군가는 꼭 남기고 싶었을 순수하고 소중한 마음을 담은 포토에세이입니다. 이별과 슬픔, 그리움과 추억, 사랑과 행복이 함께함을 느끼며, 우리의 감성의 조각들을 엮어 빛내고자 노력한 결과물입니다.

마음정원을 통해 자연과 인생에서 느낀 감동을 다시 여러분과 나누고 싶습니다. 일상에서 겪은 소중한 감정을 담아, 눈부시게 찬란한

봄의 연두빛 나뭇잎과 샛노란 꽃잎, 여름의 청량한 숲과 시원한 바람, 울긋불긋 가슴까지 붉게 물들이는 가을, 그리고 겨울의 고요함 속에서 찰나의 행복을 노래하고자 합니다.

이 책이 서로를 이해하고 사랑하는 힐링의 공간이 되기를 바랍니다. 각자의 삶이 더욱 풍요로워지기를 바라며, 저와 함께 <은정의 마음정원>을 통해 잠시 사색하고 마음의 울림을 느껴보셨으면 좋겠습니다.

숲의 푸르름을 닮은 당신에게
이 책을 바칩니다.
온 마음으로 당신을 응원하겠습니다.

어느 멋진 겨울날
강은정 드림

차 례

소중한 기억을 남기며

Like the fallen petals that bloomed beautifully today

첫번째
이야기

매화

.

.

고고한 그 자태
매화꽃이 피었습니다.

연분홍, 흰색 어우러져
꽃봉오리 맺혔으매
지고지순한 사랑을 노래하고

꽃잎 어여쁘게 피었으매
상처받은 마음 모두 내려놓고
우리 봄바람 따라가요.

Apricot blossom

Plum flowers bloomed in the noble shape.

영원의 기억

짧은 순간에 담긴
영원의 기억.

한 줄기 바람에
흩어지는 꽃잎처럼
눈빛이 스치는 그때
시간이 멈춘 듯

마음에 새겨진
영원한 여운.

A memory of eternity

An eternal lingering image engraved in one's heart

꽃이 떨어지면

활짝 핀 꽃
찰나의 아름다움.
바람에 스러지듯
우리도 언젠가 사라져

짧은 순간
소중한 기억을 남기고
오늘도 멋지게 피우며
떨어진 꽃잎처럼

그리움을 담아 가리.

When the flowers fall

Put your longing like a fallen petal.

참다래가 전하는 지혜

작은 기적이 가지에 매달려
인내로 움트는 꿈.

햇살과 비를 받아
달콤한 결실을 맺듯

삶도 고난 속에서
희망을 키워간다.

The wisdom of a true rod

A little miracle hangs from a branch and ripens with patience.

화성에서 보는 노을

화성에서 보는 노을은
푸른색입니다.
같은 태양이지만
어디에서 보느냐에 따라
노을의 색깔이 달라지는 것이지요.

나도 어디에 있는지에 따라
다른 나를 발견해요.
그 속에서도 나다움을 잃지 말기로해요.

태양이 푸르게 진다고 해서
태양이 아닌게 아닌 것 처럼요.

Sunset from Mars

Let's not lose our personality in that

혼자만의 시간은
외로움이 아니다

혼자만의 시간은 외로움이 아닙니다.

혼자만의 시간은 하얀 도화지입니다.

어지럽게 그려진 그림을 지우는 시간입니다.

지우고 비워야 예쁜 그림으로 채울 수 있지요.

헝클어진 나를 지우고

다시금 나다운 나로 채우는

진짜 내가 될 수 있는

혼자만의 시간입니다.

Time alone is not loneliness

You have to erase it and empty it to fill it with a pretty picture.

숲, 바람, 꽃 그리고 책

숲의 속삭임,

바람의 부드러운 손길,

꽃의 향기 속에

행복이 숨 쉬고

페이지를 넘기며

새로운 세계를 만나.

이 네 가지가 내 삶의 조건,

충.분.해.

Forest, wind, flowers and books

These four are the conditions of my life.

담벼락 넘어 온 능소화

여름과 함께 능소화가 피었습니다.

꽃송이 그대로 떨어지며
지는 모습조차도 아름다운 꽃.

그리움이라는 꽃말처럼
아름답게 진 능소화를 보며
내년에도 후내년에도
그리워지는 사람이 되고 싶습니다.

올 여름도 주홍빛 따뜻한 등불같은
능소화를 만나 행복합니다.

The Chinese trumpet creeper that came over the wall

These four are the conditions of my life.

인생은 숨바꼭질

행복이 몸을 숨긴 채
어둠 속에서
조용히 나를 부른다.

찾아야 할 건
작은 순간의 기쁨.
숨겨진 사랑과 꿈들.

나는 영원한 술래.

Life is hide and seek
Happiness calls me with my body hidden.

담

사람 사이

담은

마음의 경계.

담처럼 세워진

두려움과 망설임으로

넘지 못하는 한 걸음.

진정한 만남은

그 너머에.

Wall

The real meeting is beyond that.

미지의 문

낡은 문과 잡초가 무성한 운동장
오래된 학교 건물을 보며
동화같은 상상을 해봅니다.

혹시 다른 세계로 가는 통로가 아닐까요?
이상한 나라의 앨리스에서 토끼가 안내한
굴이 있는 건 아닐까요?
미지의 세계로 모험을 떠나는 상상!!
상상만으로
웃음 지을 수 있는 그곳.

우리 다 같이 미지의 세계로 떠나볼까요?

An unknown door

Maybe it's a passage to another world?

비 내리던 날

하늘에서 빗방울 음표들이
내려옵니다.

비가 만든
음악소리에

무지갯빛 바람개비
친구되어
함께 춤을 춥니다.

A rainy day

Dance together to the sound of music made by rain.

비구름

인생을 살면서 후회하는 두 가지.

하나는 시작도 해보지 않은 것.

또다른 하나는 실패했다고 포기한 것.

비구름이 몰려온다.

두려움으로 가득 채운다면 주저 앉을 것이고

준비하고 견뎌낸다면 성장 할 것이다.

실패해도 좋다.

Rain cloud

If you prepare and endure, you will grow.

순례길

인생은 지도가 없는 순례길.

걸음마다 새로운 길이 열리고

모퉁이마다 예측할 수 없는 세계를 만나.

때로는 아름답고 때로는 험난한.

길을 잃을 때도 있지만

그 속에서 발견하는 새로운 길.

그것이 바로 인생의 묘미.

순례길 위에서 우리는 성장하네.

A pilgrimage route

We're growing up on the pilgrimage route

숲이 되지 못한 나무[*]

숲에 들어가서야 알았다.

나무와 나무가 모여

숲이 된다는 것을

작은 나무 몇이서는

아름드리나무 혼자서는

절대

숲이 될 수 없다는 것을

숲 밖에서는 몰랐다.

---

* <숲이 되지 못한 나무> 중 시인 정성수

잔잔함이 주는 힐링

넓디 넓은 호수를 바라봅니다.
어제도 오늘도
잔잔한 호수입니다.

한참을 보고 있으니
생각이 비워지고
마음이 넓어지고
가슴이 잔잔해집니다.

Healing from calmness

It broadens my heart and calms my heart.

소망을 이루는 가장 좋은 방법은

It's a heart that I really want.

두번째
이야기

비와 함께 온 여름

땅을 촉촉이 적시던 비가 몇 차례 오고나니
초록 무성한 잎들과 함께 여름이 왔어요.

색종이를 찢어 붙인 듯
푸르른 초록 마술에

더울 걱정보다는
푸름을 즐길 생각에
설레임 가득 안고 여름을 시작합니다.

A summer with rain

Start the summer with a lot of excitement.

아까시잎

좋아한다. 안 좋아한다. 좋아한다...

어릴적 짝사랑하던 친구를 떠올리며 아까시잎을 한 개씩 떼던
그때가 생각납니다. 마지막 잎이 원하던 결과가 아니면
좋아한다로 끝날 때까지 잎을 땄던 기억이 납니다.

우리 삶도 그래요. 실패로 끝났다면 실패이지만 계속 도전한다면
그것은 성공으로 가는 길일뿐입니다.

실패했다고 주저앉지 말고
다른 아까시잎을 따보세요.

Acacia leaves

Pick another acacia leaf.

자존감 씨앗

이곳은 자존감 씨앗이 싹트는 곳입니다.

자존감 씨앗을 커다란 나무로 키우는 건 쉬워요.

나를 칭찬하면 되니까요.

작은 것도 좋아요.

커피를 맛있게 탔다면 그걸로도 충분해요.

아침에 입은 바지에서 지폐가 나왔다면

그 행운도 칭찬해 보세요.

이제 떡잎이 나고 줄기가 생기고 잎이 돋아나요.

잊지 마세요! 내 자존감 씨앗은

나를 칭찬하는 일이 가장 큰 양분이라는 사실을요!

The seed of self-esteem

If you enjoyed the coffee, that's enough.

소망

소망을 이루는 가장 좋은 방법은
진정 원하는 간절한 마음입니다.

간절한 마음으로 소망을 끌어당겨 보세요.

그토록 원하던
그 소망이
어느새 내 앞에 와 있을 거예요.

Wish

Pull your wish with earnestness.

동화 속을 걷다

원치 않는 감정들로

가득 차 있다면

가장 좋은 방법은

다른 감정으로 밀어내는 거예요.

화가 가득 찼다면

즐거운 시간을 보냈던 사진을 들춰보고

미움이 들어왔다면

목적지 없이 걸어보는 건 어때요?

동화 속 주인공처럼

설레는 마음만을 가득 남겨둔 채로.

Walking in a fairy tale

Why don't you walk without a destination?

다르다는 것은
틀린 것이 아니다

꽃과 잎이 가득한 곳
한가운데 앉고 보니

서로를 존중하듯
뻗어있는 모습이
조화롭고 아름답습니다.

다르다는 것은 틀린 것이 아닙니다.
다름을 이해하면
더 멋진 세상이 펼쳐질 거예요.

It is not wrong to be different

If you understand it, you'll have a better world.

친구

한 사람의 진실한 친구는
천명의 적이 우리를 불행하게 만드는
그 힘 이상으로 우리를 행복하게 만든다.

- 에센바흐

친구들과 함께 여행을 와서
맛있는 걸 먹고 수다를 떨고
행복한 시간을 보냈습니다.

사람들과 힘든 시간을 보내고
사람과의 시간으로 치유가 된다는 것이
신기합니다.

Friend

It's amazing that time with people can heal.

마음 풍경

푸른 바다와 하늘이 만나는 곳.
부서지는 파도처럼
수많은 꿈들이 일렁인다.

한라산 그늘 아래
시원한 바람이 스치는 순간

제주도의 풍경이
내 마음을 물들이네.

A scene of mind

Jeju Island, where the blue sea meets the sky.

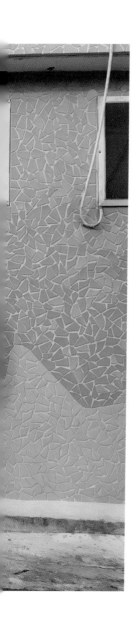

별

낮이라고
별이 없는 것이 아니듯

지금 빛나지 않는다고
내가 아닌 것이 아니야.

언제가 빛날 나를 위해
오늘도 한 걸음 한 걸음 나아가 보자.

Stars

Let's go step by step again today

찬란한 푸르름

단풍이 되어 떨어질 날을
두려워했다면
이토록 푸르진 않았겠지.

밀려드는 걱정과 두려움은
저 멀리 두고
오늘의 나에게 더 집중하기.

Brilliant greenness

Let's keep our worries and fears away and focus on me.

You Are Loved

어두운 날에도
너의 존재가 빛나.
작은 미소 하나가
세상을 따뜻하게 해.
너는 사랑받고 있어.

You are loved

Even on dark days, your existence shines

힐링 숲길

푸르른 편백 아래
바람이 속삭이고
숲길을 걷는 발걸음에
자연의 향기가 스며든다.

고요한 시간 속에서
마음의 짐을 내려놓고
아름다움이 오래도록
내 안에 남아주길.

Healing Forest Road

Let's put down our burdens and walk down the forest path.

커피 팀버

옛스러운 감성으로 도심의 힐링공간

차 한잔의 여유

꽃처럼 향기롭게

별처럼 빛나는 커피 팀버

아름다운 문화공간

그대가 있어

우리들은 추억 여행을 떠납니다.

Coffee Timber

We go on a trip to memory.

황금나무

가장 찬란한 시절을 품고
튼튼한 줄기에
희망과 꿈이 자라난다.

잎사귀는 지혜로 가득
매일매일의 소중한 순간
황금기의 찬란함 속에
우리는 진정한 나를 찾는다.

A golden tree

Hope and dreams grow on strong stems.

나의 마음 궁전

오늘은 나로서 존재해서 나답게 살아보세요.

내 삶의 마음 궁전이고

나는 내 마음의 주인이에요.

잠시 멈춘다해도, 빠르게 가지 않아도,

잘 가고 있는거에요.

더 먼 길을 가기 위해서

자신의 속도를 찾는 과정이니까.

나를 만드는 과정이니까.

지금 우리 잘 가고 있어요.

그러니 마음 궁전을 믿고 가 보아요.

My Palace of Thought

It's the process of finding your own speed.

해바라기

봉오리를 피우기 전까지
해를 향해 방향을 바꾸는
해바라기처럼

꿈꾸는 일이 있다면
꿈을 향해 끊임없이
집중해 보세요.

선택과 집중,
꿈바라기 하다 보면
어느새
예쁜 꽃이 피어 있을 거예요.

Sunflower

Pretty flowers will bloom before you know it.

향기

꽃이 저마다의 향이 다르듯
사람도 각자의 다른 향을 가지고 있습니다.
스치는 것만으로도 강렬한 향이 느껴지는
사람이 있는가 하면
지나고 나서
내내 생각나는 향이 있습니다.

은은하지만 오래 기억되는
그런 향을 가진 사람이 되고 싶습니다.

Aroma

There's a scent that comes to mind the whole time.

최선의 선택

시간이 흘러 내가 알게 된 건
경험해 봐야 깨닫게 된다는 것.

언제나 순간에 최선을 다하는
할 수 있는 최선의 선택을
할 수 밖에 없었으니까.

그 선택이
지금의 나를
만들었으니까.

The best choice

You have to experience it before you realize it

내년에 돈을 푸른 잎을 위해

Please cherish me even more for my hard work this year

세번째
이야기

천년바위

천년바위
돌의자에 앉아
멍하니
흘러보낸다.

어떤일이 일어나도
돌처럼, 바람처럼
흘러보내라.

마음이 자유를 얻을 것이다.

A thousand-year-old rock

You will gain freedom of mind.

솔방울

소나무는 고생을 많이 하고 힘이 들면
솔방울을 많이 맺는다고 해요.
힘들면 힘들다고 표현할 줄 아는
소나무에게 한수 배웁니다.

우리는 나를, 내 감정을
표현할 수 있어야 해요.

화난 기분을 감추기 보다
이야기하고 소통하며
감정을 풀어내 보는 건 어떨까요.

Pine cones

We should be able to express myself, my feelings.

나를 안아줘

먼저 나를 안아주자.

지친 마음을 감싸고
모든 상처를 내려놓고

따뜻한 품에 스며들어
두 팔 벌려 나를 맞이해.
사랑과 이해로 가득 채우고
내 안의 소중함을 느끼며
다시 일어설 힘을 찾자.

Give me a hug

Let's wrap our tired hearts around and hug me.

다름이 만들어낸 음악

길이가 같은 관은 같은 소리가 납니다.
같은 소리는 음악이 될 수 없어요.

우리는 다르기에
이 세상에서 조화롭게 살아간답니다.

다름을 비판하지 말고
나다움을 더 빛내 보세요.

Music produced by the difference

We live in harmony in this world because we are different.

내가 걸어온 길

이 길이 시작되었을 때
나는 아주 작은 사람이었다.

상처받고, 기다리고, 두드렸다.

그리고
이 길의 끝에
당당하게 섰다.

상처는 아물었고
기다림 끝에 답이 왔고
두드렸더니 열렸다.

The path I walked

After waiting, the answer came and I tapped it and it opened.

세월이 흐른 뒤 알게 된 것

내가 생각한 만큼

다른 사람은 나의 인생에 관심이 없다는 것.

선한 마음은 돌고 돌아

결국엔 내게 다시 온다는 것.

쓸데없는 후회도

도움 안 되는 걱정도

필요 이상의 노력 역시

조금만 해도 된다는 것.

나의 가치는 내가 만든다는 것.

What one has learned over the years

A good heart turns and turns and eventually comes back to me.

결심

해 질 녘
붉은 노을이 감싼다.
오늘의 걸음이 내일로 이어진다.

어둠 속에서도
빛을 잃지 않겠다고 다짐하며
험난한 길을 나아가리라.

Resolution

I will go on my way in the dark.

바라본다는 것

바라본다는 것은 관심입니다.
바라본다는 것은 이해입니다.
바라본다는 것은 사랑입니다.

어떤 것을 바라보고
어떻게 바라보느냐에 따라
~~않은 것도 보입니다.~~

지금 나는 어떤 시선으로
무엇을 바라보고 있나요?

Looking at it

A lot depends on how you look at it.

고래

푸른 바다를 꿈꾸는 너.
바람의 노래처럼
그림에 갇혀 있다.

차마 내가 이루지 못한 꿈
마음은 깊은 바다를 헤엄치지만
발은 땅에 묶여 있구나.

언젠가 바다를 만날 날
못다 꾼 꿈도 펼쳐져
하늘을 가르는 고래 되어
끝없이.

Whale

Your heart swims in the deep sea, but your feet are tied to the ground.

그늘이 주는 위안

벤치에 앉아

나무 그늘 바라본다.

부드러운 햇살을 가리고

누군가에게 편안함을 주는 모습.

이제는 그 나무처럼

누군가의 쉼이 되고 싶다.

고단한 하루의 끝에

작은 위안이 되어주고 싶다.

The solace of shade

Now, I want to be someone's rest like that tree.

붉은 가을 속으로

붉게 물든 가을
그 속에 살포시 앉아
눈부실 만큼 환한 햇살 바라보며

마지막 초록을 품은 나무 아래로
낙엽이 하나 둘 떨어지고

조금은 쌀쌀해짐을 느끼며
겨울을 준비한다.

Into the red autumn

I prepare for winter feeling a little chilly.

향기가 있는 사람

그대의 미소에는
따뜻한 햇살처럼
어디서든 느껴지는
포근한 향기가 있다.

말없이 다가오는
부드러운 손길,
잊을 수 없는 그 향기.

향기가 있는 사람
그대는 나의 행복.

A person with a scent

There is a cozy scent that you can feel everywhere.

흔들리지만 꺾이지 않는 억새

가느다란 몸으로 흔들리지만
꺾이지는 않는 억새가 있습니다.

우리는 흔들리면 꺾으려고 합니다.
흔들리면 사소한 이유까지 다 갖다대며
꺾어야 할 이유를 찾습니다.

어쩌면 억새는 꺾어야 할 백가지 이유가 있지만
꺾이지 않아야 할 한가지 이유로
자신을 지키고 있는지도 모르겠습니다.

Silver grass

There is an unwavering silver grass.

단풍의 색

단풍은 나무의 잎이
더 이상 활동하지 않게 되어
나타나는 현상입니다.

일 년 동안 수고했으니
너에게 예쁜 색을 선물해 줄게!
하는 것처럼요.

일 년에 한 번
나에게 예쁜 색을 선물해 보세요.
내년에 돋을 푸른 잎을 위해
올해 수고한 나를 더 소중하게 아껴주세요.

The color of autumn leaves

Give me a pretty color as a gift.

내가 알고 있던 가을은

엄마는
살갗에 스치운 바람이
쓸쓸하다고 하셨다.

엄마 나이가 되어
가을은

붉은 단풍, 색색의 들꽃
서로 어울린 모습이
참 따뜻하다.

나의 가을은 따스하다.

The fall that I knew

It's very warm to see each other hanging out.

등대

어두운 바다

그 바다가 두렵지 않은 건

바다를 밝혀주는 등대가 있기 때문이지요.

어둠을 밝혀주는 등대처럼

당신을 밝혀주는 등대가 되고 싶어요.

용기 내어 한 발

그리고 또 한 발 내딛고

나에게 오세요.

당신을 밝혀줄게요.

Lighthouse

I want to be the lighthouse that lights you up.

풍요로움

올해는 감나무에 감이 주렁주렁 열렸습니다.

크기도 커서 보는 것만으로도 마음이 뿌듯해집니다.

풍요로움의 첫 번째 씨앗은 감사하는 마음입니다.

당연한 것이 아닌 감사하는 마음입니다.

장마 때 몰아친 비바람에도

한 여름의 뜨거운 햇볕도 잘 견디고

이렇게 풍요롭게 열매를 맺은 감나무에게 감사합니다.

오늘도 참 감사합니다.

Richness

The first seed of abundance is appreciation.

가을, 단풍 그리고 미소

가을에는 단풍이 있고
하늘에는 구름이 있고
나에게는 미소가 있지요.

미소 지을 수 있는 오늘에 감사합니다.

Autumn, autumn leaves, and a smile

Thank you for today to smile.

오늘만 그대를

하늘 바람에 날리는 게 꽃잎인가 했더니
그리움에 말라버린 내 마음이더라.
숲속에 내리는 게 빗물인가 했더니
그리움에 아파하는 내 눈물이더라.

오늘만
딱 하루만
그대를 마음껏 그리워하리라.

Just for today

I will miss you as much as I can for just one day.

잎새 바람에 흩날리고

나뭇잎 사이로 바람이 불면
잎새 내음 일었다가
금세 나뭇잎이 날린다.

흙길에 떨어진 나뭇잎 위로
옅은 발자국이라도 남으면
그대 향한
그리움이 남으려나.

The leaves fluttered in the wind

Will my longing for you remain

완벽하려 하지 않기

잠들기 전 무슨 생각을 하시나요?

어떤 밤은 반성으로
어떤 밤은 뿌듯함으로
그리고 내일이 다시 시작되겠지요.

너무 완벽해지려고 하지 말아요.
오늘은 조금 부족한 나였지만
내일은 조금 더 채워진 내가 되지 않을까.

오늘 밤은 나를 칭찬하는 말로
잠들어야겠다고 생각했습니다.

Don't try to be perfect

I wasn't good enough today, but I think I'll be more filled tomorrow.

가을이 만든 금빛 카펫

가을이 만든 금빛 카펫 위에
나는 서 있습니다.

이 금빛 카펫이 나를 부자로 만들어주는
상상을 해 봅니다.

마음이 가난하면 가난한 사람을 끌어당기고
마음이 풍요로우면 풍요로운 사람을 끌어당깁니다.

부자 기운 듬뿍 받으며
금빛 카펫을 산책합니다.

The gold carpet of autumn

When you have a rich mind, you attract a rich person.

아름답다

단풍일 때는 단풍인대로 아름답고
낙엽일 때는 낙엽인대로 아름답다.

어디에서 어떤 모습으로 있더라도
나다움을 잃지 않는다면

나는 그 자체로 아름다운 사람이다.

Beautiful

I'm a beautiful person in and of itself.

계단

더 나은 내일을 위해
오늘도 한 칸
내딛어 봅니다.

지치더라도 걱정마세요.
언제든지 쉴 수 있는
계단이 있으니까요.

올라가는 일은 힘들지만
포기하지만 않는다면
조금씩 오른 그 계단 끝에서
내 꿈이 나를 꼭 안아줄 거랍니다.

Stairs

I'm going to take a step forward today as well.

별것 아닌 일상이 모여

It gives me the power to change many things.

네번째
이야기

노을지는 저녁의 시간

왜 그렇게 힘들고 아파했니.
나를 알아봐 주는 사람을 만나.

순간에 최선을 다하고
너의 아름다운 삶은 배려할 줄 아는 사람.
너의 아픈 슬픔 또한 알아봐주는 사람.

분명 너라는 예쁜 사람을 알아볼 테니
너를 아끼는 사람을 위해 시간과 정성을 다하길.

너는 충분히 좋은 사람이니까.

Meet someone who recognizes me

I'm sure I'll recognize a pretty person named you.

놀이는 소통

놀이는 세상을 바라보고
적응하는 과정입니다.

아이는 놀이를 통해
스스로 결정하고
자립하는 과정을 배웁니다.
놀이를 통해 상상하고 꿈꿉니다.
놀이로 세상과 소통하는 방법을 배웁니다.

아이의 손을 잡고 나가보세요.
아이의 세상으로 들어가 보세요.

Play is communication

Hold the child's hand and go out. Go into the world of the child

너와 함께 있으면

신기하게도 너와 함께 있으면
나는 참 좋은 사람이 된다.

창문 너머 너의 얼굴이 스쳐 지나가듯

이상하게도 너와 함께 있으면
나는 모든 것이 좋아진다.

너는 나에게
참 좋은 사람이다.

When I'm with you

Strangely, I become a very nice person when I'm with you.

나아간다는 것

지금 우리,
앞으로 잘 가고 있어요.

빨리 가지 않는다 해도
잠시 멈춘다 해도
잘 가고 있는 거예요.

그러니
의심하지 말아요.

지금 우리
앞으로 잘 가고 있어요.

Moving forward

Even if you don't go fast, even if you stop for a while, you're going well.

쉬라는 몸의 신호

뾰족한 구두를 신고 걷다 보면
나도 모르게 의자를 찾게 돼요.
잠시 앉아 발뒤꿈치를 쓰다듬으며
다시 걸을 준비를 합니다.

조금 쉬어가라는
내 몸의 외침을 들어주세요.

시간은 조금 늦어져도
가는 길은 행복해질 거예요.

A signal of the body, called rest

Even if it's a little late, the road will be happy.

다짐하며 되새기며 상상하며[*]

눈의 색깔은 바꿀 수 없지만
눈빛은 바꿀 수 있다.
귀로 나쁜 소리를 듣지만
들은 것을 잊어버릴 수 있다.
입의 크기를 바꿀 수 없지만
입 모양을 미소로 바꿀 수 있다.
빨리 뛸 수는 없지만
씩씩하게 걸을 수는 있다.

---

[*] <다짐하며 되새기며 상상하며> 중 시인 김현태

기다림

약속 장소에 먼저 와서
기다립니다.

기다림이란
희망의 나무에
시간과 약속이라는 물을 주는 것이래요.

오늘도 희망의 나무가
무럭무럭 자랄 수 있게
싱그러운 물을 듬뿍 주려 합니다.

Waiting

Waiting is about giving the tree of hope water of time and promise.

시간

.

시간은,

세상의 모든 사람들이
공평하게 나누어 가지는
자원이다.

Time

It's a resource that everyone in the world shares equally.

사랑으로 바라보다

사랑 듬뿍 담아 바라보면
무엇이든 사랑스럽습니다.

눈으로 하는 분노, 눈으로 하는 짜증
말로 내뱉는 건 아니지만
우린 다 느낄 수 있습니다.

사랑 듬뿍 담아
눈으로 사랑을 전해보세요.

Look at with love

If you look at it with a lot of love, everything is lovely.

양털구름

파란 목장
양들이 뛰어노는 듯한
양털구름

파란길
파란바다
파란하늘에
뛰어노는 양떼 구름

평화롭고 신비한 풍경입니다.

A wool cloud

It's a peaceful and mysterious landscape.

하늘이 바다 위에

하늘이 바다 위에 비치어
더 큰 하늘이
더 넓은 바다가 되었습니다.

너와 내가 만나
더 큰 마음으로
더 큰 세상을 위해 나아갑니다.

The sky is above the sea

You and I meet and move forward for a bigger world with a bigger heart.

하루가 쌓여서 내가 된다

변하지 않는 것 같지만
어느 날은 초승달로 어느 날은 반달로
그러다 보름달이 되어있는 달처럼

하루가 쌓여
내가 된다.

별것 아닌 일상이 모여
많은 것을 바꿀 힘이 생긴다.

I become myself as I build up a day

Everyday life brings together and gives you the power to change many things.

은정의 마음정원

발행일 2024년 12월 31일

지은이 강은정

사 진 강 은

발행인 손상민

편집기획 도서출판 나무와 바다

디자인 위시무무

펴낸곳 도서출판 나무와 바다

홈페이지 www.퇴근후책쓰기.com

ISBN 979-11-977237-4-2

값 20,000원